大阪の俳句ー明治編 7

中川四明句集

四明句集

編集・大阪俳句史研究会
ふらんす堂刊

目次

春の部

元日を雪や粟田は松青く
元日や登城さがりの投草履
鶯のはこの障子もはつあかり
衣紋師の胡粉暖簾や松飾
聟がよと老のよろこぶ県召
初寅や小町寺より残る雪

七草や粥にあつまる門弟子

薺売石薬師より御所に入る

藪入や母はたうべたきものを問ふ

幼きが坊主めくりも骨牌かな

使者の間に鼓しらべや御万歳

女多き聚楽御所や傀儡師

古稀にして細楷をよくす筆始

芋の頭唐の冠に似たるかな

女どもの裏よりかへる春の夕

贈られし花環に燭や春の宵

春寒く玉する音の金剛砂

春の夜や京の宿屋の釣衣桁

伏見東軍碑祭典

玉串をたてまつる日や春の雪

雪にあけて豆腐の春や二軒茶屋

春雨の夜のつれ〴〵や競馬香

さび声の地唄法師や春の雨

公事館

春雨や朱鞘はぬれて巻羽織

小冠者の鏃みがくやはるの雨

春雨の音の嬉しき幕間かな

春さめやひざをかゝへて大法師

かはらけに味噌やく朝や春の霜

檜物師の木香なつかしや春の風

春風や祇園清水孔雀茶屋

春風や几帳にゆらぐ蜷結び

春月や格子の君のそゞろ顔

稚子ふたり寺にかへるや春の月

講はての也阿弥左阿弥や春の月

月おぼろ春の蚯蚓の鳴く夜かな

陽炎や轡みがきのこぼれ籾

はつ虹や白川みちを花売女

残る雪に伽藍見えけり東山

春の水離宮を出で、流れけり

物かはと女わたりぬはるの水

丈山はあとへかへらぬ春の水

初午や火見櫓の下稲荷

雪達磨消えて仕舞ば涅槃かな

壬生念仏すみて菜の花月夜かな

御影供の馬のうはさや蕨餅

出代りのぶしつけに問ふお給金

春寒をいふも八十八夜かな

尼講の鉦たゝきゆく彼岸かな

寒食の我が心まだ灰となり

疑ひの目ひき袖ひく絵踏かな

雛の手の浮世絵さまに刻まれつ

曲水や下手なるホ句を仕り

乾山は土の手ながら草の餅

草の餅山青く水白きかな

ふらこゝの或は花に触れんかな

ふらこゝや後宮の佳人足ちさし

凧長閑に糸のたるみかな

風軽き出雲の空や凧

畠打や太閤の恩に子を死なせ

はたうつや十年畔を譲り合ひ

畠打や真淵の大人が出て行きやる

接木すや列僊伝も読み飽きて

木を接ぐも徳を種うるの類ひかな

鉄鉢に接穂うかべて雨に暮れぬ

人寿百二十と独りこち菊根分

梅が香や尊攘堂の反古襖

盆景は南山にして梅の窓

三十三回忌に

梅が香や父のをしへの右文左武

椿落て流れもあへず御茶の水

桃咲てうぐひ肥たり滋賀の里

鮎のぼる一番二番はつざくら

加茂の花杉の木の間を水ながる

一瓢や三鈷寺過ぎて花の寺

鮎つるや花の中なる大悲閣

筏師の竿の雫や花ぐもり

こひねりを伝ふ雫や花の雨

椿寺すぎて御室や花見人

連翹や巣のわらうごく古廂

連翹や茶室の棟の赤瓦

灯ひとつは柳にのぼり暮遅し

青柳や三十六のミねの数

白川や柳は青くうし車

青柳や小茶屋の多き狸橋

禅堂や松の花ちる甃

石楠や空也の瀧のわかれ路

軟紅を包みて木の芽玉の如ト

早蕨や村の夫子は餓死もせず

蒲公英の短くさきし春の霜

菜の花や朱雀に到り右京尽く

菜の花や壬生の桟敷のわら埃

菜の花や十人衆の小酒盛

細道や大根花さく林丘寺

愚庵を訪ふ

若草や小仏遊びの輪になりて

花芹や目高の影の流れゆく

置土に一つ慮外や蕗のたう

うぐひすや膝にさめたる火熨鏝

中京の出代り時やつばくらめ

揚雲雀花豌豆の籬より

さが御室雲雀二つとも見えず

雉子啼や砥石切出す梅か畠

雉子啼や藪のうしろの光悦寺

雉子なくや笠置の山のゆるぎ石

囀りや二筋道の合ふ鎮守

若鮎や愛宕の雪解花の露

通円の灯ともしころを小鮎飛ぶ

世の中を白眼過ぎたる鰈かな

日毎来て東流の水に小鮎つる

東風白き大津の浜や諸子とぶ

白川の末の草川蝶わたる

熊蜂の窠や古寺の懸魚かくれ

糞ひとつ名残りに蚕繭こもる

糸とれば繭をどるなり鍋の中

持仏堂鎖して山に春の蟬

七難の絵巻うはさや蜆じる

蜆じる近江蕪村は畸人なり

蜈蚣山は小さき地こぶや蜆舟
京の水も流れて末は田螺かな
春の神白羊宮におはしけり

夏の部

雨かちに卯月に入りぬ古布子

御番衆の交代したる卯月かな

水無月や氷室の使ひ鞍馬より

蒜の香の窓より入りて土用かな

短夜の笛わすれたる人憎くき

釣瓶水流がせの触れや旱して

夕市の気みじか声もひでりかな

日ざかりや辻に小さきつむじ立つ

紺かきの藍の香ひもあつさかな

弦召せの緋縅きたる暑さかな

涼しさや遣水に灯の走りゆく

草の庵早きに点す灯の涼し

東大路
白骨のお寺すゞしき木立かな

秋近し素馨のかをり幮に入る

萍のこすみべりして秋近し

皐月雨や虎にかたみの小印籠

夕立や蓮の散り来る小方丈

夕立や水あらそひの鍬洗ふ

風鎮の諸外れして夕立かな

南風は終に競はず夕立かな

台湾

夕立の芭蕉に晴れて月の虹

ゆふだちや白龍をどる破樋

巻きあがる回峰笠や雲の峰

雷鳥の淋しく鳴て雲のミね

裸馬に二人乗り行く夏の月

薫風の路傍に拝す葱華輦

金地院

盆石の主山余山や風かをる

霊廟や鳳尾の竹に風かをる

青嵐絵皿に乾く草の汁

松尾神事

青嵐御田の植女帰る見ゆ

夕市の裸火見えて夏野かな

鰭赤き小魚うきけり夏の川

風流の花落てありあふひ橋

氏人の葵かけたり釣木馬

鍋祭うはなり打の神笑ふ

鉾の灯の見ゆるあたりや烏丸

祇園会の稚子並び行く朱傘かな

夕風や茅の輪の幣の白く見ゆ

落飾のよしある人と安吾かな

非蔵人の狂言上手や嘉定食

奇しきもの昼の星なり不二詣

印地打ばさら扇のひるがへる

薬玉や杉戸に残る絵の胡粉

矢数とて宮侍の羽振かな

おほやかず南龍公の密使あり

揚屋にもけふを噂の矢数かな

惣一の額指さして名古屋顔

日矢数や松脂のきしりも朝の程

寺領田の三番草や御命日

笠二つ一つは立ちぬ田草取

終に獲す火串きゆるに任し去る

十薬の花に火うつる夜振かな

わが庵は翠微に近く書をさらす

井浚て釣瓶のこだま聞く夕

井さらへて燈明涼し京の水

蚊遣火や甘茶花さく藪の陰

藤六は裸で歌やつまみぐひ

加茂川に山名細川水かけ合

水掛合淀どの御覧あらんずる

山蟻にひかる丶夢も昼寝かな

拳石に江の島と題す青すだれ

丈山は浪華夢みて籠まくら

衣更てちいさ刀や前さがり

青山を窓の主人や更衣

相逢て人慇懃や更衣

初袷むさし鐙の踏み心地

帷子や袂おとしの長短

帷子の糊の硬さや鬼作左

鳩丸の小太刀涼しや辻が花

夏羽織たゝみて竹の乱れ箱

蝿ひとつ夜たゞ蝋の灯めぐり鳴く

夏を痩せて似たりと思ふ素心蘭

夏足袋を免さるゝ許り老となり

宇治木幡茶商人の日傘かな

水見舞鳥羽へ出でゆく日傘かな

稚児二人門の涼みに扇引き

乾飯や牛蒡の花の影法師

提唱や竹の子めしの本圀寺

古瓦硯も或は用ふすしの石

麨や山蛾を掃し寺の縁

葛水や苔にすゞしき真珠庵

天目に葛水まゐるお僧かな

梅干すや秕穂のこる藁むしろ

卯の花や御車きしる加茂堤

橘やあしの折れたる歌机

凡下ならぬ人の庵や柿の花

花樗ちりしく鳥羽の車道

繭つくる白髪太郎や栗の花

八つ窓の四つまで月の若葉かな

枇杷法師霜月の花わすれ顔

手向

若竹の清く茂りて仏の灯

夕麗の胡粉字額や百日紅

山寺や甘茶花さく卍がた

一盆の茉莉を縁やたかむしろ

ぼうたんや人は平民にあらずんば

砂川や野茨咲て小魚飛ぶ

鷺草や庭の木賊の片茂り

癲癇に人だかりあり瓜の花

梅津

杜若女のわらふまたげ石

夕顔や名を黄昏の少将と

黄西瓜や加茂の茶店の水の音

葉にそうて蓮の蕾の小さきかな

蓮の葉の又雨こぼす撓みかな

北瘦せの南ふとりや沼の蓮

麦秋をわれもゆくなり丈山忌

麦秋や法華ばかりの松が崎

麦秋もうなぎやくなり十一屋

麦ほこり二筋になりて舤に入る

袋角二月の花の色に出でぬ

水音を忘る、刹那ほと、ぎす

献上の御茶壺時や時鳥

舞人の祭稽古や水鶏鳴く

よべも亦水鶏聞きけり離宮守

隠元のわたしを呼べば行々子

夕月や庭の茂りに守宮鳴く

梶原にわさび舐らせ初松魚

鳳凰堂の螺鈿こぼるゝ蛍かな

左支右梧の世を孑孑のかしこさよ

蚊をやくや目に眠たさの暈見ゆる

案内記に蛇足と知れど蜹の事

眼に来るも蚋の類ひや木下路

蟬鳴くや松にかくれて南禅寺

太鼓虫の水を離れて秋近し

秋の部

立秋の星うつくしや二歳駒

秋立や方丈虫の殻の散る

今朝の秋江漢の画の浮て見ゆ

宮鳩の白きが舞うて今朝の秋

新涼や偶ま早起易を読む

蛙鼓蚓歌我庵さびしく秋のゆく

後から猫が鳴きけり秋の暮

気楽坊の御伽に出たり夜長かな

入道ハ襟かきあはしそゞろ寒

朝寒や駕たれこめて京に入る

後の月宇宙の闇のせまる見ゆ

秋晴や午にして寺の松ミどり

犬鷲の皺嗄れ声や秋の空

傘も芭蕉の音や秋の雨

秋風や糸のほつれし古すだれ

閻王の舌もからびて秋の風

露の戸のがたぴしとして一茶庵

ころがりて露楽天の心あり

細竹の垣や露もつ蕨縄

霧を出る硫黄の山や蝦夷の秋

おほかみの人につく夜や霧匂ふ

藺をうゝる丹波は寒し霧の雨

夕空の野分吹くらし雲騒ぐ

天真は野分のあとの芭蕉かな

白犬の尾を立てゝゆく花野かな

別院の蘇鉄が見えて花野かな

たてまつる御酒杯や秋の水

初汐や裏の切戸の風にあく

七夕や新家の双子美しき

時代祭

延暦の衣冠いみじき祭かな

松明や牛に乗りたる摩陀羅神
送火の消えて影あり門の黍
大文字の半分見える在所かな
大文字や砂川あたり人の群
大文字の主人は山紫水明所
虫送り卍字にめぐる掟なり

畔切れに火屑落しぬむし送り

踊ふけぬ芦のまろ屋の灯の細り

一休は紫竹の里にをどりかな

二人泊る秋の彼岸や数珠屋町

京へ帰る小鳥猟師や小関越え

鹿火燃えて愛宕の嶺の裏見ゆる

毛見算や見一無頭作六分

毛見衆の機嫌笑ひや絹蒲団

毛見の後斧鷺阪の芝居かな

毛見の笠独りは頤の永之進

丈山は宵寝がちなり引板の音

なよ竹の風に任せし鳴子かな

地下二人ちやうどまゐりぬ梶の鞠

綿つむや桃の裂けたる其日より

箔うつも月の都のきぬたかな

砧打つ露の身よりと文字淡く

狸よと窓から売りし新酒かな

新走猪口の粘りも憎からず

家に蔵すひとますかめや新走

新走樽絵師も来て機嫌かな

新蕎麦や峨山和尚は酒家の子

新蕎麦や誘ひ合して下河原

瓢亭は松の下蔭新豆腐

秋老て新淮南子来りけり

萩の乳今日あたらしき朝の膳

山寺や紅葉の縁に味噌の桶

皿鶯に愛宕蹐れば柿紅葉

御所柿や洛の北なる御里坊

星飛びてきり木の一葉窓に落つ

桐一葉くすしの門のパン瓦

赤毬の馬場に残りて柳散る

馬見所に柳ちりちる刀掛

柳散る女名前の猿戸かな

山猿に論語塗られな柿の塾

栗の毬の鬼となりたる丹波かな

上京や駕輿丁の家の古棗

ありの実の砂畠つゞき淀に出づ

救荒論終に木の実に及びけり

誰が入れし木魚の中に椿の実

小流れに蜷取る子あり竹の春

室町の日かげの庭や秋海棠

白萩や耳塚くれて二日月

七郷は都を落て萩の雨

萩芒万葉集の契りかな

送り膳二つはこびぬ鳳仙花

照雨や曼珠沙華より晴れ来る

交りは菊に来て蘭に招きけり

竹印を彫る僧のあり菊の縁

菊の香や印譜に置きし竹篦子

さが菊の夕づく影や小方丈

菊の香や石器あつむる考古癖

御室坊のさが坊を訪ふ菊日和

桔梗や解き捨てゝある琵琶袋

論終にやまと絵に帰す桔梗かな

子規忌

桔梗や毛ほつれもせず遺筆あり

刈萱に風の夕日や水の隈

何に簸るや水引草の小川べり

奈良近し尾花の末の伽藍かな

根のこりの芒もまくり甘藷畑

草の実の船にこぼれし渡しかな

草のミや縛り上げたる馬の尾に

草の実やきつねの洞の小土器

本陣の前にも木曽は籾むしろ

川の名の字に残りし綿の花

吾庵の没絃琴や種瓢

念頭に余地あるさまの糸瓜かな

青蕎麦の簸殻ちらばり種茄子

茸狩や堂上地下の二むしろ

沓掛の聖案内す木の子がり

京の鱧山のまつ茸香に匂ふ

さむしろに菌わかつや蘚の塵

茸かりや京の灯見ゆるかへり路

鹿笛や自在の竿にかけわすれ

鴫立て島原の灯の水うつり

鴫立や村の芝居の木のかしら

一さをの雁や夕日の蒹葭洲

かりがねや行燈ひいたる柴屋町

雁わたる孤駅に秋のしじみじる

舟岡や機の音して稲雀

色鳥や枯木のおほき塔の壇

残る蚊の尚ほ春くよ水の上

ミの虫のはゝと笑ひぬ素堂の賦

風鐸の紐より飛びし蜻蛉かな

萩の葉の露にきゆるや秋蛍

新羅王に尻をむけゝり放屁虫

鳥来て檜皮つゝくや秋の宮

冬の部

茶畑におち子拾ふや今朝の冬

神無月ふることふみに灯を挑む

はつ冬や蘭に培ふ乾き砂

初冬や可進が家の壺飾

初冬や御所のかはらけ焼く在所

はつふゆの馬ならびゆく御切米

詞書よめば小春や十牛図

小春凪鵜は羽干して角矢倉

縁さきにあづきほしたる小春かな

狐憑の山を見てゐる小春かな

寝わらほす小春日和や古厩

小はる日の市や貉の毛皮売る

愚庵羯南返事

緇素二人狗芝居見る小春かな

芳韮山人にこたふ

古本をさがしてあるくこはるかな

つはもの丶酒保に交る小春かな

冬ざれて棕梠ばかりや十二坊

寒日和土筆の蕾掘りにゆく

陰陽師の焼け出されたる師走かな

木米の来葉訪ひよる師走かな

喜劇座に一夜笑ふも師走かな

本山に浄財あまり年暮る、

貧而して清而して年の暮

寒月や酛する歌の櫂の音

亡き母のお仏事の日を初時雨

しぐるゝや翁茶を煮る山字屏

太刀持も時雨れて入りぬ檜垣茶や

馬肉うる大仏前や夕しぐれ

こがらしや夕日の中の宝寺

凩や木馬の轡ひとり鳴る

凩や動かぬ雲の北に見ゆ

木枯らしや里の子遊ぶ蛇の尾取り

こがらしや敲きはらひの筈の数

ゆきに伏す竹を隔て、扃の灯

狼の群れて馬逐ふ吹雪かな

はつ霜や棕梠の梢の阿弥陀堂

隼のこぶしにかるし朝の霜

金福寺

遺墨匂ふ再興の記や春星忌

燭あまた樅に点してクリスマス

狸寝のわらひ出したる雑魚寝かな

夜興曳の今宵も雪や加茂の人

夜興曳のだまされ顔や麓の灯

ふる寺やきつね顔出す冬籠

羽箒の紙撚くゝりも冬ごもり

冬ごもり筆の多きに心愧づ

ろひらきや山僧牛医村夫子

炉開や茶碗の裏の篦の痕

炉開の絵巻うはさは酒飯論

炉ひらきや天目古りし孤蓬庵

口きりや燭伝へたる吉野窓

口きりや名物帳もかたり草

顔見世や聾桟敷のうす明り

顔見世の版取寒き素顔かな

麦蒔や畔に雲雀の小囀り

雪の城鷹野の主の顧る

お鷹野や餌袋掛けし幕の串

史をよみて

所司代は鷹野と聞きて安堵かな

鷹狩や小勢なれども三河衆

鳥刺もたか野の供の一人かな

冬の山木魂かへしの巌見ゆる

野鼠の流れわたりす冬の川

霜柱霡花といふは土の凍て

口あきし舞楽の面や神の留守

水引の箔のこぼれも夷こう

顔見世の招きあげたり夷の日

達磨忌や隠木即の古墨蹟

桃源の根付達磨も忌日かな

俗にして門徒は嬉し報恩講

真葛から女夫出てゆく鉢叩

鉢たゝき狐塚までふたりづれ

一瓢や東湖は儒者の鉢叩

鉢叩応仁の乱過ぎしより

袖口に財布の紐や鉢たゝき

胡慮々々と哀れにをかし鉢叩

あじろ打槌のこだまの水わたる

大阪城のお数槍なりしが家にあり

煤掃や先祖の槍の置き所

書を抱て先生三たび煤を避く

煤仕舞膾の大根白きかな

掛乞や鞍馬の炭屋嵯峨の木や

寝こゝろや京の宿屋の絹蒲団

腹鳴りて温石に体ゆたかなり

二条城の一夕

甲伏せし獅子の火鉢や大広間

埋火やすまじきものは宮仕へ

東山所見

置炬燵色ある君を座に招き

白川に法師あつまる榾火かな

榾の宿猿子眠りの暖かき

榾の火や童子に課する三字経

熊祭すみてアイヌの榾火かな

炭売の門違ひして隣かな

又の名を鳳尾といひて頭巾かな

耳たぶに福ぶらさげて頭巾かな

致仕の身の安き心に頭巾かな

小冠者の足袋いかめしや鼬色

大いなる足袋にゆたかや長者振り

乾鮭の翁といはれ渋かみこ

薬食冷えるといふはひざがしら

薬食都講の箸のいち長き

風呂吹の話しは小僧三ヶ条

鳴瀧や風呂吹大根即金堂

風呂吹の客は袈紙ころも

風呂吹や折焚柴を炉に読みつ

卵酒或夜からみの焰燃ゆ

納豆も冬ざれ色や朝の粥

老妻のものわすれして事納

買ふ物の数あるが嬉し歳の市

八瀬大原四里出て京の歳の市

白朮火を輪に振る中に人の顔

茶の花や細道ゆけば銀閣寺

茶の花や仁清の窯跡名のみにて

山茶花や竹刀ほしたる塾の壁

寒梅に裾を曳く長し節会人

やき米の粥する朝や冬の梅

寒梅や四条の果ての雀寺

幕串や舞楽の後の散紅葉

散紅葉呂律の川の二流れ

梅落葉根に一茎の霊芝あり

臨摸する天狗草紙や落葉寺

寒菊に一頑石の垣根かな

水仙や膠粘りのつよき墨

大根引股ぐら越て東山

あはきものいづれはあれと冬瓜かな

累卵を敢て試むくきの石

角鷹を夢に子猿の叫びかな

小鷹今霰たばしる拳より

笹鳴や千家の庭の藪柑子

さゝ鳴や鉄漿つけ給ふ中納言

鴛鴦を飼ふや粟田の七宝師

鴛鴦や雪にあけたる龍安寺

水鳥や砂に濁らぬ木津の川

西石垣や鰒鍋洗ふ裏戸口

鰒汁や血槍九郎の部屋の者

人中の鮟鱇と我れを罵りぬ

梅幸を楽屋に訪へばあんこ鍋

乾鮭や蝦夷は小春の運上所

木琴は乾鮭そりと法師いふ

塩鱈のよごれも藁の匂ひかな

太極も無極もありて海鼠かな

念佛に凝り固まりし海鼠かな

このわたや蠟涙独り凝り易く

解説／坪内稔典

この『四明句集』は明治四十三年五月に出た『四明句集 全』を元にしている。『四明句集 全』は著者、中川四明が、自身の還暦を記念して出した自筆句集、四季に部立てし、一頁に十句（四明の字の彫刻は大橋一雄）、本文は袋綴じ三十丁からなる。本文の前に大谷句仏の序、四明の自序が、本文の後には四明の弟、草間時福の漢文の跋、「六十一家吟」と題した諸家の俳句がある。また、着色の挿絵数葉が散在する。

この大阪俳句史研究会編の『四明句集』は、右の『四明句集 全』の五六七句から五〇〇句を採った。今日の読者から見て分かりやすい句を、と意識して選んだつもりだが、かなり難解かもしれない。第一に用語がむつかしい。句仏は序で「四明翁は京の古る事に委しき俳士」と言っているが、故事来歴に通じた知識がその句を難解にしている、と言っていいだろう。たとえば春の部冒頭の「粟田」「投草履」「鶯のはこ」「衣紋師」「県召」は、現代の読者にとっては注釈が必要かもしれない。私も必要とする。

でも、四明の体現していたこの一見古い世界は、明治時代の京都の現実の一面であった。四明の句はそのような歴史的時空を伝えている。ちなみに、聾桟敷のように今日から見ると差別というほかはない表現もあることを書き添えておく。

略年譜から分かるように、ドイツ語を習得した四明は、教育者、新聞記者、翻訳家、美学者などとして活躍した。開化期日本の多面的に活動した啓蒙家だった。その彼が俳人にもなったのは新聞「日本」を通して子規とその仲間と知り合ったことが機縁であろう。ちなみに、子規が編集主任だった「小日本」では、創刊号から六〇号まで霞城山人（四明の別号）の名で翻案小説と思われる「貴公子遠征」を連載している。

四明は明治二十三年に「日本」を退社、京都に戻る。以来、京都が彼の拠点になり、京阪満月会、俳句雑誌「懸葵」などの活動によって彼は京都を代表する俳人になった。

四明は大正六年に六十八歳で死去したが、大正九年に四明の全句集ともいうべき『四明句集』が出た。粟津水棹、名和三幹竹の編集、懸葵発行所刊の類題句集である。『四明句集 全』の作品もこれに収録された。また、『四明句集 全』は昭和十五年五月に古板復行会から限定百部の復刻版が出ている。

略年譜

中川四明（なかがわ・しめい）

嘉永三年（一八五〇）　一歳
二月二日、京都町奉行組与力、下田耕助の次男として誕生。生後間もなく二条城番組与力、中川重興の養子になった。弟は松山中学の校長として正岡子規に影響を与えた草間時福（俳人・草間時彦の祖父）。本名、重麗。号に紫明、霞城、霞城山人など。

明治四年（一八七一）　二十二歳
京都府欧学舎独逸校に入学、ドイツ語を習得。

明治八年（一八七五）　二十六歳
京都府へ出仕、勧業課や学務課に勤務。

明治九年（一八七六）　二十七歳
京都府師範学校が設立され、理化学担当の教員になる。翌年、『小学読本博物学階梯』を刊行。以後、多数の理科関係の教科書を出す。

明治十七年（一八八四）　三十五歳
東京大学予備門教員となる。この年の秋、子規や夏目漱石が予備門に入学した。

明治二十二年（一八八九）　四十歳
杉浦重剛の紹介で新聞「日本」に入社。

明治二十三年（一八九〇）　四十一歳
青少年対象の雑誌「少年文武」を編集・発行する。雑誌の柱を武芸、文学、理科、美術に置いた。また、グリム童話などを翻訳した。

明治二十五年（一八九二）　四十三歳
九月、「日本」を退社、京都の「中外電報」に入社。「日出新聞」（後の京都新聞）に移籍、同僚の巌谷小波らと俳句を作る。

明治二十九年（一八九六）　四十七歳
九月、京阪満月会を開く。

明治三十三年（一九〇〇）　五十一歳
四月、俳句雑誌「種瓢」を創刊。京都市立美術工芸学校の嘱託教員となる。

明治三十七年（一九〇四）　五十五歳

二月、俳句雑誌「懸葵」を創刊。

明治三十九年（一九〇六）　五十七歳

『俳諧美学』（博文館）刊。

明治四十三年（一九一〇）　六十一歳

五月、還暦記念の自筆句集『四明句集　全』（寸紅堂）刊。

明治四十四年（一九一一）　六十二歳

『触背美学』（博文館）刊。

大正五年（一九一六）　六十七歳

二月、京都独逸学会理事を退く。

三月、日出新聞を辞め社友となる。

大正六年（一九一七）　六十八歳

五月十六日、急性肺炎で死去。西院の高山寺の墓地に埋葬された。法名は採光院玄空四明居士。

大正九年（一九二〇）

十二月、『四明句集』（懸葵発行所）刊。

※清水貞夫『俳人四明覚書四』（現代文藝社、平成十九年）、根本文子『正岡子規研究――中川四明を軸として』（笠間書院、令和三年）を参照した。

あとがき

このシリーズ「大阪の俳句―明治編」は本巻、そして同時に刊行する別巻『明治大阪俳壇史』をもって完結する。このシリーズにかかわった大阪俳句史研究会の理事として、長年にわたる刊行を支えてくださった各位に感謝する。とりわけ採算を無視して刊行にあたってくれたふらんす堂にはお礼の言葉もない。このシリーズは、大阪俳句史研究会という小さく地味な組織の仕事にしてはやや身に余る仕事だったという気がしないでもないが、ともあれ、このシリーズが、明治の大阪（関西圏）の俳句や俳人に親しむ手掛かりになってくれたらうれしい。

坪内稔典

明治時代の大阪俳人のアンソロジー

中川四明句集　四明句集（しめいくしゅう）
二〇二一年七月一日　第一刷
編著者――坪内稔典
編　集――大阪俳句史研究会
〒664-0895　伊丹市宮ノ前2-5-20　㈶柿衞文庫　也雲軒内
発行所――ふらんす堂
〒182-0002　東京都調布市仙川町一-一五-三八-2F
電　話――〇三（三三二六）九〇六一　FAX〇三（三三二六）六九一九
ホームページ　http://furansudo.com/　E-mail info@furansudo.com
装　丁――君嶋真理子
印刷所――三修紙工㈱
製本所――三修紙工㈱
定　価――本体一二〇〇円＋税
ISBN978-4-7814-1395-2 C0092 ¥1200E